Resumen
Express.com

GUÍA DE LECTURA

Limonov

de Emmanuel Carrère

Guía de lectura

Escrita por Valérie Nigdélian-Fabre
Traducida por Juan Lopez

Limonov

de Emmanuel Carrère

EMMANUEL CARRÈRE

Escritor, guionista y director

- Nació en 1957, en París.
- Algunas de sus obras son:
  - *La clase de la nieve* (1995)
  - *Otras vidas que la mía* (2009)
  - *Limonov* (2011), novela

Emmanuel Carrère es escritor, guionista y director. Hijo de la historiadora y académica Hélène Carrère d'Encausse, especialista en Rusia. Comenzó como crítico de cine antes de dedicarse a la ficción en 1983 con su primera novela, *El amigo del jaguar*. Desde entonces, ha publicado en POL y ganó el Prix Fémina en 1995 por *La clase de nieve*. Desde *El adversario* (2000), que narra el asunto Jean-Claude Romand, Emmanuel Carrère ha dejado de lado la ficción para dedicarse a escribir documentales y relatos, como *Una novela rusa* (2007) y *Otras vidas que la mía* (2009). Tras colaborar en telefilmes como guionista, se pasó a la dirección adaptando al cine su novela *El bigote* en 2005.

LIMONOV

Limonov o el retrato de un hombre gargantuesco.

- **Género:** Autoficción
- **Edición de referencia:** *Limonov*, París, P.O.L., 2011, 496 p.
- **1re edición:** 2011
- **Temas:** Investigación, violencia, Rusia, historia

Limonov, publicado en 2011 y galardonado con el Premio Renaudot ese mismo año, es el duodécimo libro del autor. Continuando con el interés de la familia Carrère por Rusia, *Limónov* traza el retrato de una figura clave de la Rusia contemporánea, a quien Carrère conoció en varias ocasiones, Edouard Limónov. Limónov fue un héroe respetado en Rusia, disidente carismático y matón neofascista. A medio camino entre la investigación y la ficción, el libro de historia y la novela de aventuras, *Limónov* intenta desentrañar el misterio de la fascinación de Carrère por este complejo personaje, al tiempo que recorre la historia de Rusia desde la Segunda Guerra Mundial, el declive del comunismo y la caída del Muro de Berlín.

RESUMEN

LA INVESTIGACIÓN SOBRE EDWARD LIMÓNOV

En 2006, Emmanuel Carrère fue enviado a Rusia tras el asesinato de Anna Politkovskaya, periodista y opositora declarada de Vladimir Putin, entonces jefe de gobierno. En la conmemoración anual de la masacre del teatro Durbrovka, reconoció a Edward Limónov, a quien había conocido en París a principios de la década de 1980.

ES BUENO SABER: MASACRE DEL TEATRO LADUBROVKA

El 23 de octubre de 2002, unos 50 rebeldes chechenos tomaron como rehenes a 850 espectadores en el teatro Durbrovka de Moscú, durante un musical para jóvenes. El 26 de octubre, las fuerzas rusas pusieron fin violentamente a la toma de rehenes, matando a 39 terroristas y al menos 129 rehenes.

¿Es Limónov "un feo fascista, al frente de una milicia de *cabezas rapadas*" o "el héroe de la lucha democrática en Rusia" (p. 20)? Carrère decide investigar. El objetivo fue "Hacer coincidir estas imágenes: el escritor-voyeur que una vez conocí, el guerrillero cazado, el político responsable, la estrella a la que las páginas de *famosos* de las revistas dedican artículos enamorados". (p. 30) También quiere responder a la pregunta: ¿es Limónov realmente un "bastardo" (p. 35)?

DE LA INFANCIA A LA EDAD ADULTA

Edward Savenko nació el 2 de febrero de 1943. Su familia se trasladó a Járkov (Ucrania) en 1947. Era un joven rufián cuyo descubrimiento de la literatura (Romain Rolland, Jack London, Knut Hamsun) le dio la ambición de convertirse en poeta. Cinco años más tarde, sin embargo, no era ni un matón ni un poeta, sino un fundidor. Tras un intento de suicidio y un internamiento en un manicomio, se convirtió en vendedor en la librería *41*, donde se reunían todos los artistas y poetas decadentes de Járkov. Entonces volvió a escribir y se fue a vivir con Anna Moiseyevna Rubinstein, la principal vendedora del *41, que se* había convertido en su amante. Se inventa un nombre: Ed Limónov, en "homenaje a su humor ácido y beligerante, pues *limon significa* limón y *limonkagrenade*, lo que tira de la anilla" (p. 85). Conoce entonces al pintor Brusilovsky, que llega de Moscú y se convierte allí en su protector.

En 1967, Limónov se trasladó a Moscú, donde asiste al seminario de poesía de Arseny Tarkovsky (padre del cineasta Andrei) y debuta como poeta en el *underground* moscovita. En cuanto a Anna, fue internada y luego regresó a Kharkov. Limónov se casó con Elena, a la que había conocido en casa de Brusilovsky. Fueron expulsados del país por disidencia, o más exactamente por "antisovietismo convencido".

Después se marchó a Nueva York, donde trabajó para un diario ruso mientras frecuentaba eventos sociales. A principios de 1976, Elena lo dejó por un fotógrafo. El tiempo del brillo ha terminado. Ahora Edouard vive en un hotel de mala muerte, se hace homosexual por despecho, lee a Trotsky y vuelve a escribir, no poesía, sino la historia de lo que acaba de vivir, que se convertirá en *Yo, Editchka*. La novela se publicó en otoño de 1980 con el título que le dio Jean-Jacques Pauvert, editor de los surrealistas y del Marqués de Sade: *Le poète russe préfère les grands nègres*.

Limónov conoce a Jenny, el ama de llaves del multimillonario Steven Grey, y la sustituye durante un año en ese puesto.

EL COMPROMISO

Emmanuel Carrère recuerda su propia juventud y la fama de su madre, reconocida como especialista en el mundo soviético. Fascinado por la vida de Limónov, en comparación con la cual la suya le parecía cada vez más "aburrida y mediocre" (p. 221), Carrère entrevistó al escritor para la radio al mismo tiempo que se publicaba *Diario de un fracasado* y Limónov se convertía en una "pequeña estrella" (p. 230) en París.

Invitado a Nueva York en 1982 por su editor estadounidense, Limónov trajo consigo a Natacha Medvédeva, cantante, alcohólica y ninfómana, con la que se casaría. Al mismo tiempo, conoció a Jean-Édern Hallier, que acababa de relanzar *L'Idiot international*, un periódico escandaloso en el que se codeaban la extrema izquierda y la extrema derecha. Limónov fue invitado entonces a Moscú, donde descubrió con disgusto la Rusia libre, sometida al dinero y a la mafia. Va en busca de Natacha, que ha desaparecido en la ciudad.

En 1991, Carrère informó desde Yugoslavia. A su regreso, escribió una biografía de Philip K. Dick y siguió, desde la distancia, el surgimiento del conflicto serbocroata. También escribió sobre el putsch de agosto de 1991 en Rusia, en el que los militares intentaron derrocar a Boris Yeltsin, y la suspensión de las actividades del Partido Comunista.

Invitado a Belgrado para la publicación de uno de sus libros, Limónov es conducido al corazón del conflicto por soldados serbios. Decide apoyar su causa, lo que le hace “pasar de ser un aventurero encantador a un cuasi-criminal de guerra entre sus amigos parisinos” (p. 320).

Limónov conoció a Alexander Dugin, filósofo y fascista. Juntos fundaron el Partido Nacional-Bolchevique y el periódico *Limonka*. Entonces pasó de ser escritor a “guerrero profesional y revolucionario” (p. 351). Unos meses después, Emmanuel Carrère conoció a Zajar Prilepine, miembro del Partido Nacional-Bolchevique.

Tras la victoria de Yeltsin en las elecciones, Limónov se marchó a Belgrado y se unió a los serbios como soldado, participando en varias acciones de guerrilla.

Cuando regresó a Moscú en 1994, se encontró con un escritor famoso. Su estancia en el país duró poco porque, cuando Putin fue elegido jefe de Rusia, se marchó a las montañas de Altai, en Kazajstán, para seguir un curso de supervivencia. Fue detenido por las fuerzas especiales.

IMPRISIÓN

Limónov fue entonces encarcelado en Lefortovo, "donde se mete a los enemigos más peligrosos del Estado" (p. 434). Lee, escribe y, tras quince meses de riguroso aislamiento, es trasladado a Saratov, en el Volga, donde se celebrará su juicio. Se le acusa de terrorismo, organización o participación en banda armada, adquisición, transporte, venta o almacenamiento de armas de fuego, e incitación a actividades extremistas.

Condenado finalmente a cuatro años de prisión, fue trasladado a Engels, un campo de trabajo donde las condiciones de vida son muy duras. El 3 de febrero de 2003 se entera de la muerte de Natacha, su exmujer, convertida en figura del rock alternativo.

Poco después, fue liberado anticipadamente ante las cámaras de televisión. De este modo, Limónov "[se convirtió] en la estrella de su país que soñaba ser: un escritor adorado, un guerrillero mundano, un buen cliente para la prensa *rosa*" (p. 475).

Al final de su investigación de cuatro años, Emmanuel Carrère admite que fue incapaz de eliminar la ambigüedad del personaje. Limónov sigue siendo un hombre extremadamente complejo, capaz de asumir muchos papeles diferentes.

ESTUDIO DE CARACTERES

LIMÓNOV

Brillante e inconformista, es “una leyenda viva” (p. 32). Pero más allá de eso, es difícil describirlo, pues es un personaje eminentemente complejo y polifacético. Poeta y político, soldado y ayuda de cámara, hombre de poder y vagabundo, fascista y demócrata, su vida, como la suya propia, pasa de la pobreza a la fama, de la política al mundo del arte, de la fábrica a la cárcel. Lo convierte en el héroe de una novela de aventuras moderna, violenta y fascinante.

Esta vida heroica -y al mismo tiempo romántica, sulfurosa, atrevida y llena de talento- es la que Limónov soñaba de niño: de niño “no quiere ser como su padre cuando sea mayor”. No quiere una vida honesta y un poco estúpida, sino “libre y peligrosa, la vida de un hombre” (p. 53). Será la vida de un matón, pero nunca la de “un segundón” (p. 63), pero si la de “un rey del crimen” (p. 63). Esta visión tan romántica de la existencia, ignorando las contingencias materiales y afirmando constantemente la rectitud y la nobleza interior, hace de Limónov una magnífica encarnación del héroe. Por otra parte, es sin duda esta capacidad de no traicionar sus sueños lo que hace tan carismático al personaje, alejado de las medias tintas y la tibieza de las vidas corrientes y más cómodas.

Su búsqueda de reconocimiento público, su vocación de jefe de una banda y su pasión por las mujeres guapas le confieren un carácter casi infantil y entrañable. ¿Cómo puede entonces ser ese tipo antipático, a la vez despreciativo de los débiles y envidioso de los poderosos, fascinado por la fuerza bruta, obsesionado por la virilidad? Carrère encuentra finalmente una definición. Limónov es "un ser magnífico, capaz de actos monstruosos" (p. 386).

CARRÈRE

El autorretrato que Carrère esboza, tímidamente, constituye el contrapunto absoluto a la figura de Limónov:

- Tienen orígenes sociales diferentes (Carrère se retrata a sí mismo como un joven burgués con una incipiente carrera literaria, abrumado por el éxito parisino de Limónov a principios de los ochenta);
- Siguen trayectorias diferentes (la de Carrère es directa, lineal y previsible, mientras que la de Limónov sigue avatares improbables);
- Desarrollan sensibilidades políticas diferentes (Carrère, el demócrata, no puede sino sentirse profundamente perturbado por las inclinaciones neofascistas de Limónov, sobre todo porque están plenamente asumidas).

Sin embargo, hay paralelismos: más allá de lo anecdótico, lo que une a Limónov y Carrère es sobre todo la capacidad de leer el mundo y de ordenarlo según el principio del más fuerte.

- Limónov se somete totalmente a esta red de lectura fascista, condicionando su visión del mundo y confirmándolo en su búsqueda del poder. Fascinado por la virilidad, por la fraternidad masculina, sueña con escapar a la vida modesta, incluso mediocre, que le prometen sus orígenes. Le "atormenta la angustia de formar parte de la segunda categoría" (p. 221). Su trayectoria debe ser, por tanto, cualquier cosa menos banal. Lo que hace (poesía o política), lo hace con exceso, garbo y singularidad.
- Carrère se sitúa explícitamente del lado de los vencidos, incapaces de la ostentación de su tema. Su extraña insistencia en compararse con Limónov a lo largo del texto refleja, sin embargo, la misma tendencia a clasificar a los hombres -los poderosos y los otros- y sobre todo la misma fascinación por los poderosos. Y, al mismo tiempo, el lector se ve obligado a jerarquizarse. Pero para Carrère, como para nosotros, ¿no se trata de liberarnos de esta tendencia natural a jerarquizar, como atestigua esta cita budista: "El hombre que se juzga superior, inferior o incluso igual a otro hombre no comprende la realidad" (p. 227)? Abandonar esta visión dualista del mundo significaría así, según Carrère, alcanzar la sabiduría.

CLAVES DE LECTURA

LA HISTORIA DE RUSIA

La violencia es el hilo conductor del largo retrato que Carrère hace de Rusia. En el inmenso campo de ruinas que es el país al final de la Segunda Guerra Mundial (veintiséis millones de soviéticos murieron en la guerra, otros tantos están sin hogar) sólo florecen la pobreza, el analfabetismo y el alcoholismo. Pero para entender la Rusia de entonces, es importante remontarse más atrás en la historia del país.

De la Revolución Rusa de 1917 a la muerte de Stalin en 1953

Con la Revolución Rusa de 1917, los bolcheviques derrocaron el régimen zarista e impusieron la dictadura del proletariado con el lema "¡Fábricas para los obreros, tierra para los campesinos, paz para el pueblo!". Tras la muerte de Lenin en 1924, la llegada de Joseph Stalin a la dirección del Partido Comunista, entre 1927 y 1929, marcó el inicio de una transformación brutal y radical de la sociedad soviética. En pocos años, la cara de la URSS cambió profundamente con la colectivización agrícola y la industrialización. Sin embargo, la modernización económica del país exigía enormes demandas de mano de obra, impuestas o acordadas, y la transformación de la sociedad iba acompañada de una política de represión masiva. Con millones de víctimas, pero cuidadosamente ocultadas por el régimen, en un contexto de adoctrinamiento total, esta política abrió un largo periodo de terror y denuncia, marcado en particular por las grandes purgas y la considerable expansión de los campos de trabajos forzados (gulag).

Régimen de Nikita Jruschov (1953-1964)

Hasta 1953, fecha de la muerte de Stalin -que paradójicamente sumió al país en la desesperación- la represión estalinista estuvo en pleno apogeo. Con Nikita Khrushchev, primer secretario del Partido Comunista de la Unión Soviética -entre marzo de 1953 y octubre de 1964-, el régimen se hizo más flexible. En 1956, el informe homónimo, leído en el XX Congreso del Partido, denunció el culto a la personalidad bajo Stalin y reconoció la represión estalinista. Jruschov se presentó como el principal inspirador de la política de desestalinización en el interior y de coexistencia pacífica en el exterior.

En 1962, con la autorización de la publicación del primer título de Solzhenitsyn -escritor y disidente ruso que se opuso a la opresión soviética-, *Un día de Iván Denísovich*, la URSS quedó conmocionada. "Ningún [libro], salvo *El archipiélago Gulag*, diez años después, ha cambiado tan *verdaderamente* el curso de la historia." (p. 89) Es la época del deshielo y de la denuncia de los campos, donde se dice que murieron veinte millones de rusos durante los veinticinco años de reinado de Stalin. El *Archipiélago Gulag se publicó* en Francia y Estados Unidos en 1974 y afirma que "el Gulag [...] no es una enfermedad del sistema soviético, sino su esencia e incluso su finalidad" (p. 129).

Desde 1964 hasta el colapso del bloque soviético

De Leonid Brezhnev a Mijail Gorbachov, pasando por Yuri Andropov y Konstantin Chernenko, Carrère recuerda los sucesivos gobiernos de la URSS de 1964 a 1991, desde un conservadurismo estrecho hasta el deseo de *glasnost* (transparencia). Finalmente, Gorbachov (en el poder de 1985 a 1991), decidido reformista, lanzó la liberalización económica, cultural y política de la URSS, llamada *perestroika*. De este modo, hizo que la historia fuera de libre acceso y provocó el colapso y la decadencia del bloque soviético.

Fue con la llegada al poder de Boris Yeltsin, primer presidente de la nueva Federación Rusa (de 1991 a 1999), cuando la economía rusa entró realmente en su fase de liberalización, "sin reglas del juego, sin leyes, sin sistema bancario, sin impuestos" (p. 336). "Por un millón de locos que [...] empezaron a enriquecerse frenéticamente, ciento cincuenta millones de personas se hundieron en la miseria." (p. 338). En general, gran parte de la población rusa considera negativas sus acciones: las privatizaciones masivas, el intento de hacer una transición brutal a una economía de mercado, la corrupción en las altas esferas del poder, así como las guerras mediáticas entre competidores políticos y económicos explican, entre otras cosas, la indiferencia y desaprobación que la población rusa siente hacia él.

Carrère evoca finalmente la aparición del conflicto checheno en 1994, y luego la llegada al poder de Vladimir

Putin en 2000, que dirige el país con puño de hierro, aplastando toda oposición democrática.

EL FASCISMO Y LA CONFUSIÓN DE LAS IDEOLOGÍAS

¿Cómo se puede ser fundador de un partido fascista, el Partido Nacional-Bolchevique, y aliarse con los demócratas de la otra Rusia, hasta el punto de ser reconocido como uno de los últimos grandes opositores a Vladimir Putin? ¿Cómo se puede pedir el regreso de Stalin y a la vez decir que se es demócrata? Posiciones radicalmente opuestas adoptadas por el mismo hombre, Limónov. ¿Cómo se explica esto?

En realidad, nada ha llenado el vacío dejado por la caída del Muro y la desintegración del sistema soviético; nada ha venido a dar sentido a la descalificación de la ideología comunista, sobre todo la dictadura del mercado, su injusticia, su cinismo. De ahí surge un profundo desconcierto y una evidente nostalgia por una época en la que las cosas tenían sentido y la gente se sentía orgullosa de sí misma y de su país. El fascismo responde a este desorden porque rechaza las incertidumbres y los cuestionamientos inherentes al progreso democrático. Ante todo, el fascismo da respuestas simples y definitivas que facilitan la comprensión de la realidad y reducen su complejidad.

Pero más que un auténtico fascista, Limónov es ante todo un opositor a cualquier sistema, y sus *nasbols* son sobre todo gente dejada atrás, rebeldes, a menudo miembros de la contracultura rusa. Más que un auténtico fascista, Limónov es un gran punk, que juega con las provocaciones y la agresividad, alabando la energía vital, la fuerza y la virilidad. Su capacidad para dudar de sí mismo y su integridad hacen de él un personaje infantil y heroico, en una palabra, fascinante.

LA ESCENA LITERARIA RUSA

Tras una relativa libertad de creación entre 1918 y 1929 -años marcados por el futurismo o el expresionismo-, el medio artístico ruso fue fuertemente reprimido bajo el gobierno estalinista, que trató de imponer con violencia el estilo del realismo soviético, consistente en una cuestionable alianza entre arte, ideología y política. El arte oficial se convirtió entonces en un apoyo a la política del gobierno, una auténtica herramienta de propaganda. El arte o era proletario o no lo era. Todas las demás tendencias artísticas eran vistas como resurgimientos del arte burgués y, por tanto, severamente reprimidas. Censurados, muchos escritores fueron encarcelados y asesinados o murieron de hambre, como Ossip Mandelstam, Isaac Babel y Boris Pilniak. Andrei Platonov trabajaba como vigilante y no se le permitía publicar.

Carrère describe el medio literario ruso con finura, descifrando sus contradicciones y sutilezas. Así pues, parece que quizás nunca antes la separación entre la literatura oficial -bajo el pulgar de los políticos, y la cultura *underground*, libre y auténtica, verdaderamente desafiante-, había sido tan marcada como en el sistema soviético. El funcionamiento del paranoico y aplastante sistema burocrático ha generado una confusión entre la esfera literaria y la política, como acabamos de ver en el párrafo anterior. A través de la censura, el sistema ha avalado a los autores y las obras que encajan en el marco tan rígido del realismo soviético; a través de la censura, un autor es oficial - "el éxito [...] designa claramente [a un poeta] como un vendido y un impostor" (p. 79) - o no - "la ventaja de la censura es que se puede ser un autor que no publica nada sin ser sospechoso de falta de talento, al contrario." (p. 79). El mito del autor maldito tiene entonces su apogeo. "El genio debe ser no sólo no reconocido, sino borracho, delirante, socialmente inadaptado" (p. 80), pues una estancia en un hospital psiquiátrico vale por "una patente de *disidencia*" (p. 80). Todo artista asentado, reconocido y que vive en la comodidad es entonces sospechoso de deshonestidad, mientras que "un artista auténtico [es] necesariamente un fracasado" (p. 113).

LA CUESTIÓN DE GÉNERO

El título del libro, este sobrio *Limónov*, ancla la obra a priori en el territorio de la biografía. Que sea hagiográfico o crítico no es el problema -de hecho, es ambas cosas simultáneamente-, pero la afirmación del género se ve perturbada por las incesantes digresiones del autor.

Carrère interfiere en el texto a varios niveles:

- Es ante todo el hombre honesto que cuestiona la ambigüedad de Limónov, su complejidad y su innegable encanto. Esta fascinación por Limónov es inquietante, en el sentido más fuerte del término. Esto perturba a Carrère, que no comprende cómo esta figura que encarna valores tan alejados de los suyos puede resultar tan atractiva; trastorna sus certezas y le obliga a cuestionar sus prejuicios. Esta fascinación perturba al mismo tiempo al lector, que también se ve obligado a liberarse de todos sus automatismos;
- Por las indicaciones autobiográficas con las que salpica el texto, es también el espejo invertido de la figura de Limónov, la figura del hombre medio al que todo opone al héroe. Esta presencia inesperada perturba la linealidad tradicional de la biografía y contradice la supuesta dedicación del biógrafo a su tema, tanto más cuanto que Carrère es también un personaje de la historia;
- Por último, está presente como autor enfrentado a las dificultades que se le presentaron sucesivamente durante el proceso de escritura, dificultades que comparte con nosotros, citando su carrera de periodista, sus fuentes documentales y literarias, y su vergüenza al evocar ciertos episodios de la vida de Limónov.

Esta presencia del autor en una obra dedicada a otro es un elemento recurrente en la escritura de Carrère desde *El adversario*. El tema de cada libro no es tanto la biografía anunciada de tal o cual personaje, sino más bien la interacción que tiene lugar entre el personaje y el autor.

También se examinará la difuminación de los límites entre ficción y realidad. Desde *El adversario, de hecho,* ésta ha sido una constante importante en la escritura de Carrère. El carácter documental de *Limónov* es indiscutible (cuatro años de investigación), pero esta materia prima está filtrada por la subjetividad del autor, que reconstruye la realidad.

IDEAS PARA REFLEXIONAR

ALGUNAS PREGUNTAS PARA PROFUNDIZAR EN SU REFLEXIÓN...

- Emmanuel Carrère coloca esta cita de Vladimir Putin al principio del libro: "Quien quiere restaurar el comunismo no tiene cabeza. Quien no se arrepiente no tiene corazón.". Con respecto a la historia contemporánea de Rusia, comentar.
- Como todos los libros de Emmanuel Carrère desde *El Adversario*, todo es real, nada es inventado. Sin embargo, Carrère presenta a su obra *Limonov* como el libro más romántico de su carrera. Explícate.
- ¿Cómo interfiere el biógrafo en la autobiografía?
- La fascinación (mezcla de atracción y repulsión) por Limónov va acompañada de un masoquismo flagrante en los indicios autobiográficos. ¿Cuál cree que es el proyecto de Carrère?
- ¿Cómo pueden unirse los extremos en política, a pesar de posiciones radicalmente opuestas?
- ¿Es un héroe necesariamente una figura positiva?
- ¿Es un burgués necesariamente una figura negativa?

PARA IR MÁS LEJOS

EDICIÓN DE REFERENCIA

CARRÈRE E., *Limonov*, París, P.O.L Éditeur, 2011.

Emmanuel Carrère recibió el Premio de la Lengua Francesa 2011 por *Limónov*. No fue considerado para el Goncourt, pero ganó el Premio Renaudot.

ALGUNAS OBRAS DE LIMÓNOV

Mes prisons, traducido del ruso por Antonina Roubichoi-Stretz, París, Actes Sud, 2009.

Journal d'un raté, traducido del ruso por Antoine Pingaud, París, Albin Michel, 2011.

Discours d'une grande gueule coiffée d'une casquette de prolo, precedido por *Salade niçoise* y *Écrivain international*, París, Le Dilettante, 2011.

La Grande Époque, París, Flammarion, colección «Fiction étrange», 1992.

Le poète russe préfère les grands nègres, París, Pauvert/Ramsay, 1979.

Le Dos de Mme *Chatain*, París, Le Dilettante, 1993.

¡Su opinión nos interesa!
¡Deje un comentario en la pagina web de su librería en línea,
y comparta sus favoritos en las redes sociales!

www.resumenexpress.com

ISBN ebook: 9782808687331
ISBN papel: 9782808698733
Depósito legal: D/2023/12603/1153

Cubierta: © Primento
Libro realizado por Primento, el socio digital de los editores